청춘로맨스.

미울 글 · BV 그림

청춘로맨스

6. 너에게 가고 있어

예담

오소민(24)

M대 CMD학과
4학년
148cm
7월 24일
O형
부모님, 오빠

유연태(20)

M대 CMD학과
1학년
185cm
7월 31일
O형
부모님, 형, 누나

박율미(23)

M대 CMD학과
3학년
167cm
5월 23일
B형
부모님, 여동생

정욱채(23)

M대 CMD학과
휴학 중
172cm
11월 20일
O형
어머니, 남동생

주혜리(23)

M대 CMD학과
3학년
160cm
3월 14일
O형
부모님

윤화운(26)

M대 CMD학과
4학년
182cm
12월 14일
AB형
부모님, 누나

정교진(37)

M대 디자인학부 교수
174cm
6월 30일
A형
부모님, 누나, 여동생

차례

86

억누르다

욱채가 학원을
쉬는 두 달이

나에게는
정리의 시간이 되었다.

먼지가
쌓이지 않도록

틈틈이 그 애의
자리를 정리하며

나의 마음도

천천히
정리했었다.

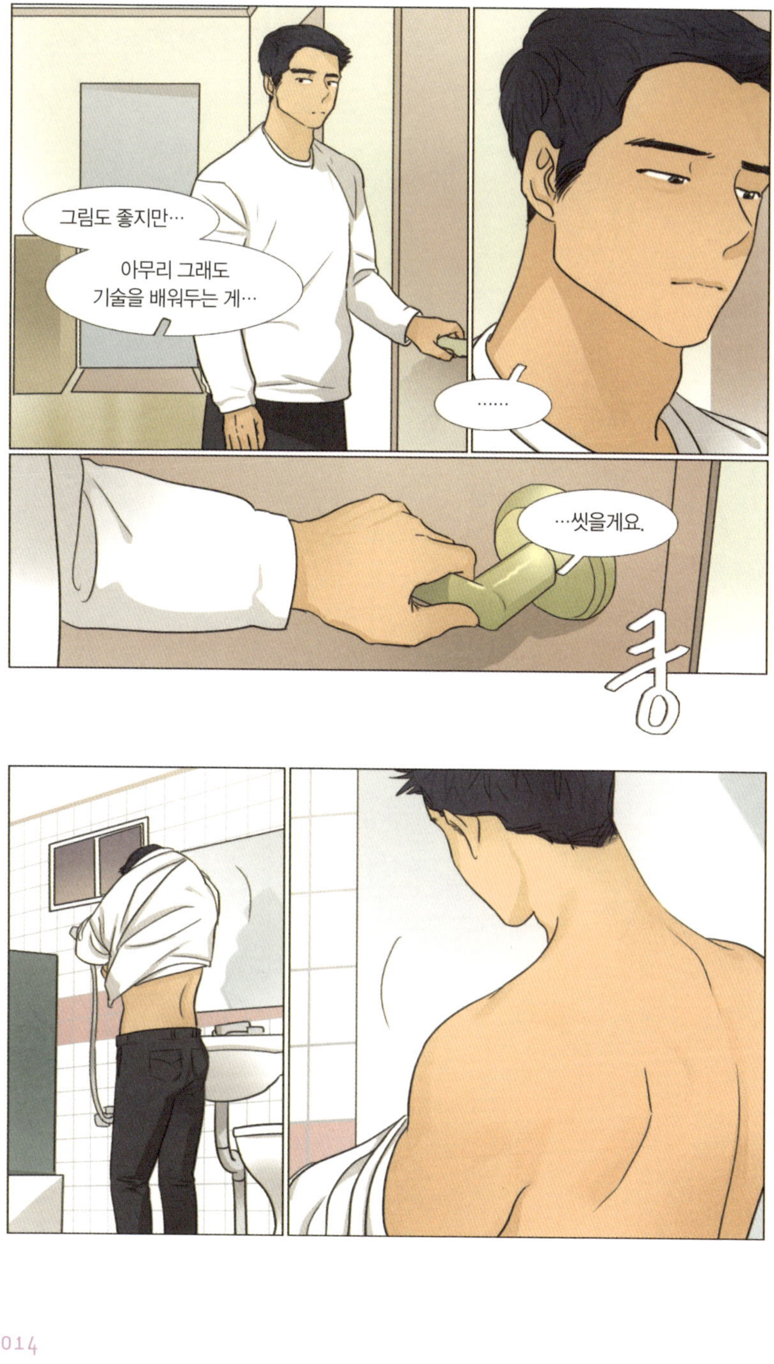

그림도 좋지만…

아무리 그래도
기술을 배워두는 게…

……

…씻을게요.

ㅎ

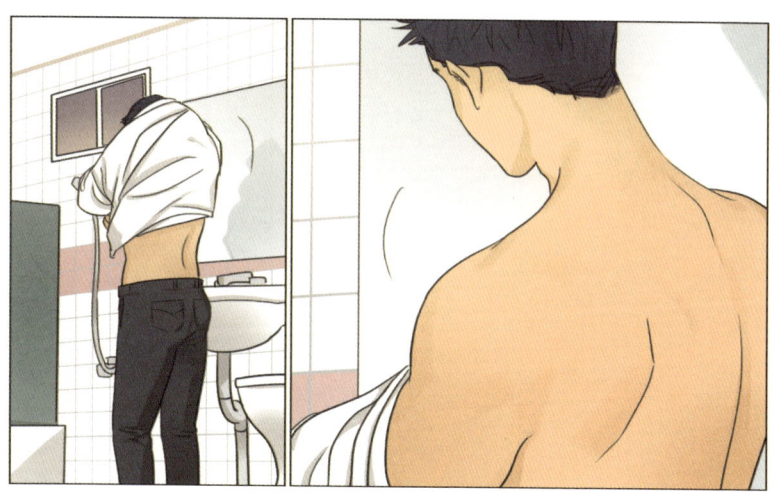

어디 가니…?

알바요. 친구 대타
해주기로 했어요.

♥

87

연약한 평화

…난 왜 자꾸 그런 걸
물어보는 거야…

미안하다고 하면
어쩔 건데…

얼마나 더
청승을 떨려고…

매일같이 싸우다가
결국 갈라선 부모님.

아버지는
아버지대로

엄마는 엄마대로
서로에게 상처를 주었고

…왜?

어린 나는 그것을 보며
모순을 느꼈다.

분명 아름다울 것이라
생각했던 것이

무서울 정도로
부서지기 쉽고

연약하다는 것을
깨달은 그날부터

나는
사람과의 관계에
그 이름을 붙이는 것이

쿵

너무나 두려워졌다.

애틋한 건지

미운 건지

답답한 건지

하아

어떤 마음에도
머물지 못한 채

나만 붕 떠 있는 것 같은
기분이 불쑥불쑥 치민다.

완전히
터놓지도 못하고

완전히
접지도 못한

불연소된 마음이

조금씩
나를 갉아먹고 있다.

같은 학교에
합격하고

여러모로 들뜨고
정신없던 새내기 시절.

율미야!

어디가?

나는 변함없이 오지랖 넓고
푼수 같은 성격 탓에

난 수업까지
밥먹었어?

쉽게 친구를 만들었고,
선배들과도 인맥이 생겼다.

욱채는 여전히
무뚝뚝해서

그런 것들을
조금 어려워했지만

사실 정욱채는

꽤 인기가 많았다.

♥
88

그곳에 서서

하지만
그 이야기들은

소문도 되지 못한 채
사라지기 일쑤였다.

'너 이렇게
나한테만 붙어 있으면

여자친구 못 사귀어.'

'넌 여자한테 관심 없어?'

…등의 말로 떠보며,
물어볼 수도 있었지만

어떤 답이 돌아와도
싫을 것 같았기에

입을 다물었다.

1학년이 끝난 겨울,
욱채는 신검을 받았고

바로
입영을 신청했다.

우리 아들 내일이
훈련소 입소인데

됐어요.

중요한
단체손님인데
어쩔 수 없지.

그리고…

엄마가 따라가지도
못하고… 미안해서
어쩌나…

훈련소 일정은
어떻게 되는지

무슨
훈련을 하는지.

달칵

타다닥

자대 배치는
언제쯤인지.

어느 부대가
제일 힘든지.

언제 자고
언제 일어나는지.

내가 알아봤자
쓸 곳 없는 지식들이었지만

내 옆이 아닌,
먼 곳에 있는 욱채가

무엇을 하고 있을지

상상할 수 있는
것만으로도

탁

나에겐
위로가 됐다.

89

자각

맥주 한 병
더 가져올게.

수

꽉

맞아. 난 알고 있다.

친구가 아닌 연인으로서
발생되는 책임감들.

그것에 부가되는

눈을 질끈 감으며

한숨을 쉬는 날이
올까.

너에게 이런 식으로

투둑

나의 3년을
들키고 싶지 않았어.

♥
90

그냥, 다

잠든 욱채의
숨소리만이 들렸다.

쭈르

꽉 감은
눈꺼풀 안으로

3년 동안의
기억이 지나갔다.

힘들다고 했잖아.

네가 친구라서
좋다고 했잖아.

왜 깨뜨려
버리는 거야.

욱채가
하지도 않은 말이

욱채의 목소리로
귓가에 울렸다.

결코 배신이 아닌데.

너를 배신했다는
기분이 들었기 때문일까.

…어쩌지.

너의 얼굴을
똑바로 볼 자신이 없어.

밝아온 입소식 날 아침.
날씨가 무척 좋았다.

웅성

몇 시쯤
끝나려나.

글쎄.

B,M

089

'그냥, 다'
라는 말이

너무

너무 싫었어.

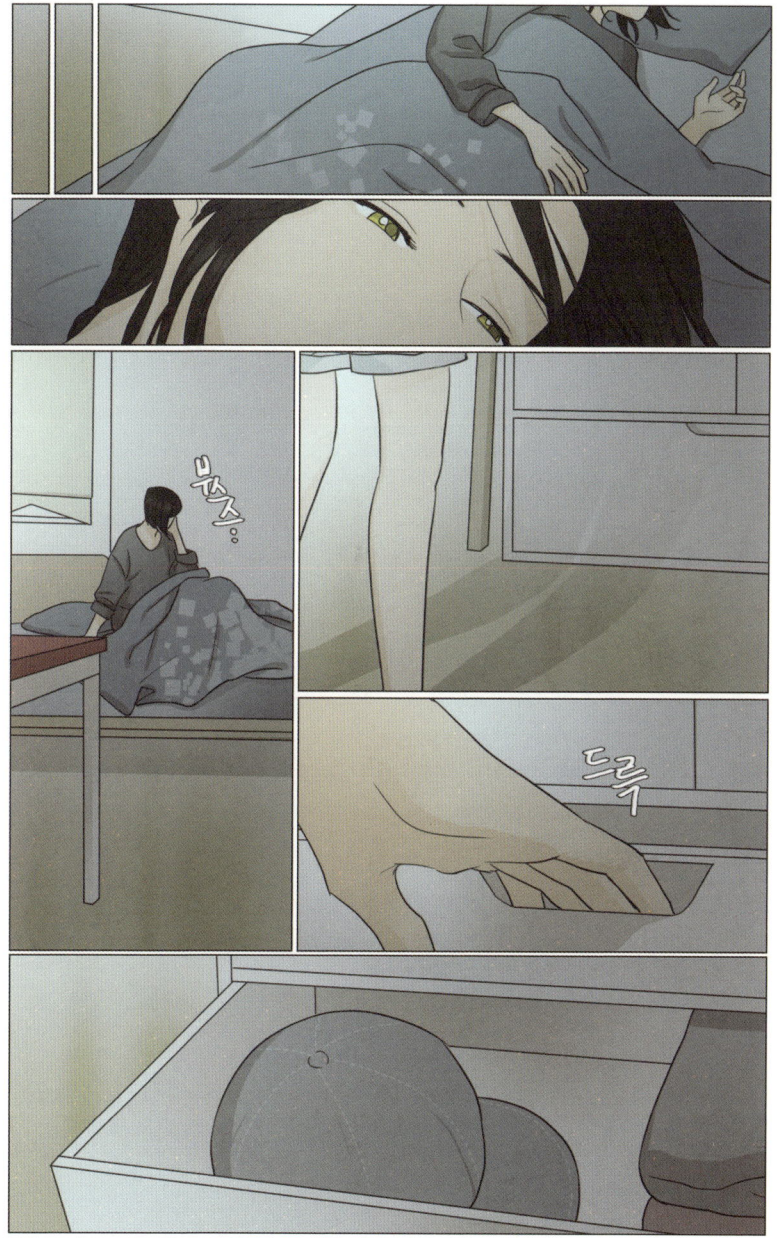

♥
91

도화선

'예쁘던데.'

…그 정도는
나도 알아.

박율미

…아.

놀랐다.

방금 이 두 사람을
보고
빠르게 치밀었던
불쾌한 감정이

'아니다'라는 걸
확인하는 순간

놀랄 만큼 빨리
사그라들었다.

신경을
너무 썼나.

병원 가보는 게
낫지 않을까?

아야… 아냐아냐
괜찮아.

아까
위장약 사서
먹었는데도
이러네…

오늘은
늦었으니까…
내일 멘토링
시작 전에 가보자.

음…
그럴까…

그때… 저
도와주셨을 때부터…

막… 생각이
나더라고요.

큭이!

율미야!!!

92

한계

124

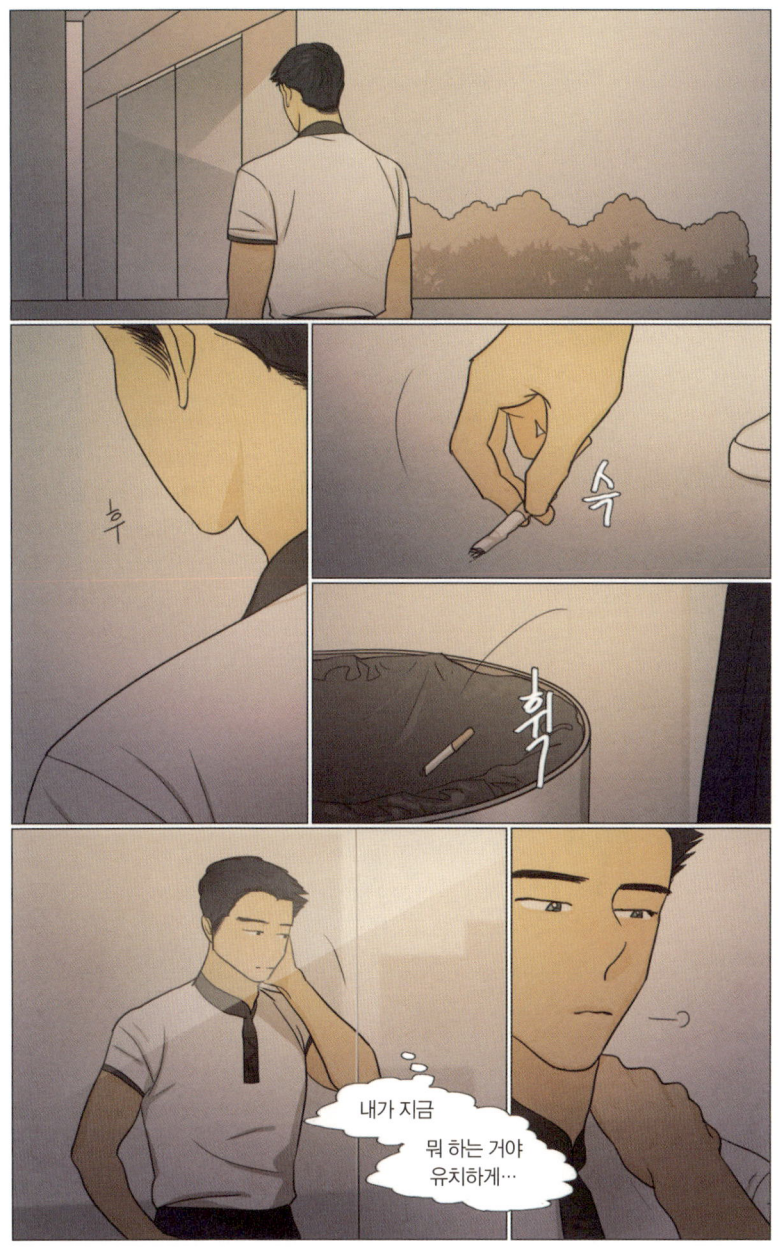

아니…
여기 병원인데…

율미가…

133

♥
93
네가 있던
자리

저기…
내가 너무 난리를
피워서 놀랐지.

미안…
내가 아까 너무
놀랐었나봐.

아냐 잘했어.
네가 펑펑 울면서

뛰어왔을 땐
좀 놀랐지만…

병원이 가까우니까
이쪽에서 가는 게

더 빠르지. 잘했어.

에구에구
허리야

그 연락했던
친구 왔니?

네.

이제 쟤한테
맡기고 가면

될 것 같아요.

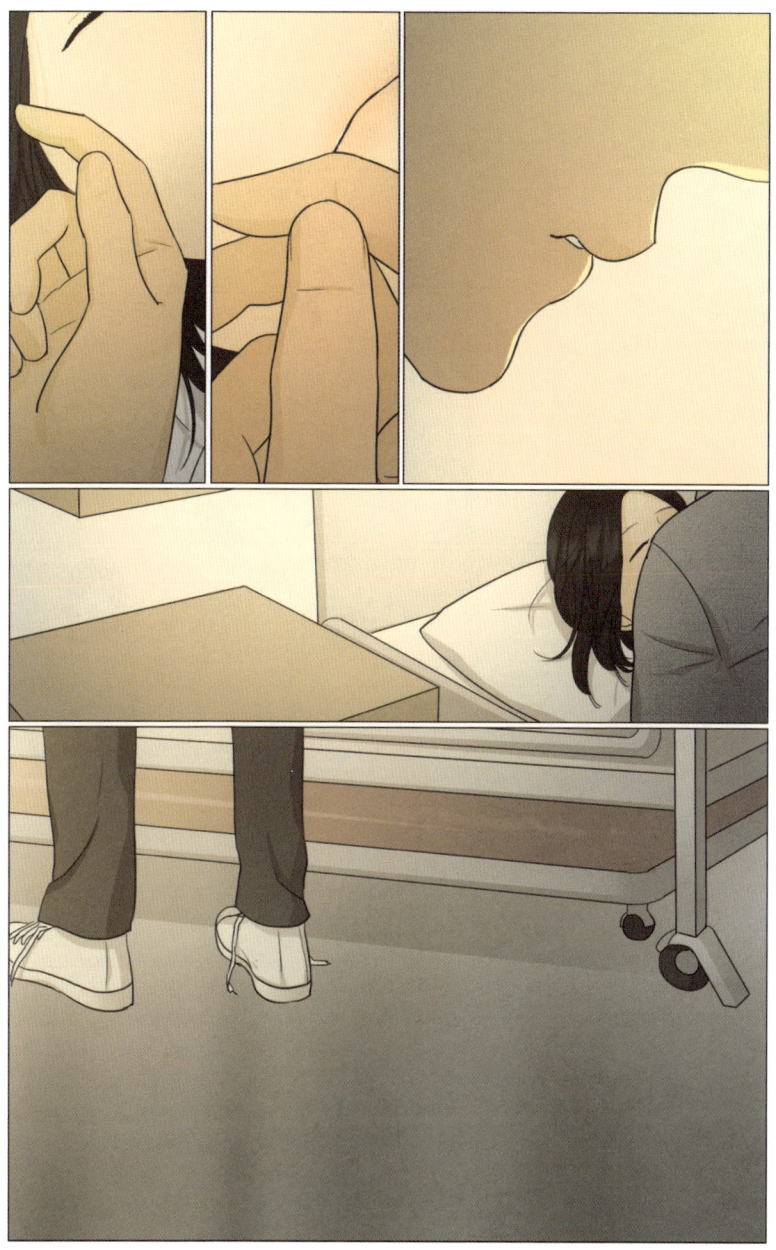

더 좋은 분
있을 거예요.

하하

내가 혼자 너무
들이대기도 했고.

저…

?

혹시 말이야…

94
걸음이
느렸을 뿐

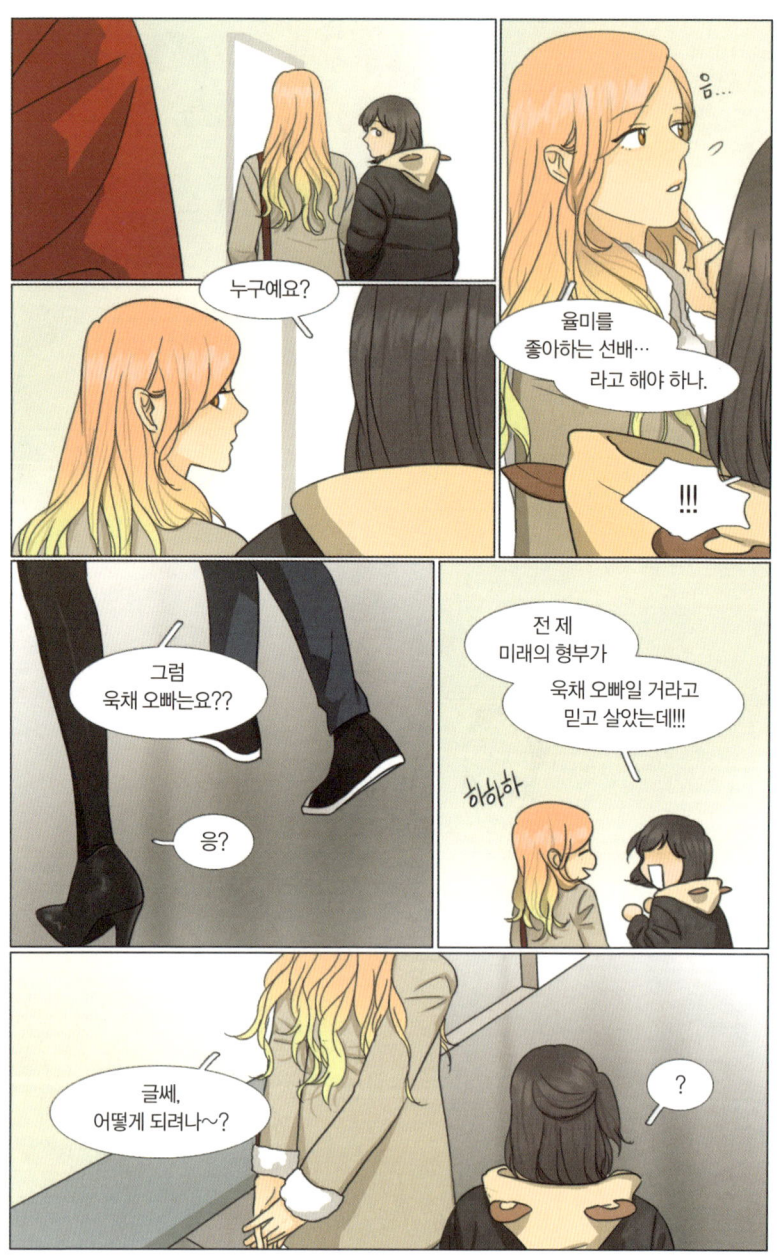

누구예요?

음...

율미를
좋아하는 선배…
    라고 해야 하나.

!!!

그럼
욱채 오빠는요??

전 제
미래의 형부가
    욱채 오빠일 거라고
    믿고 살았는데!!!

하하하

응?

글쎄,
어떻게 되려나~?

?

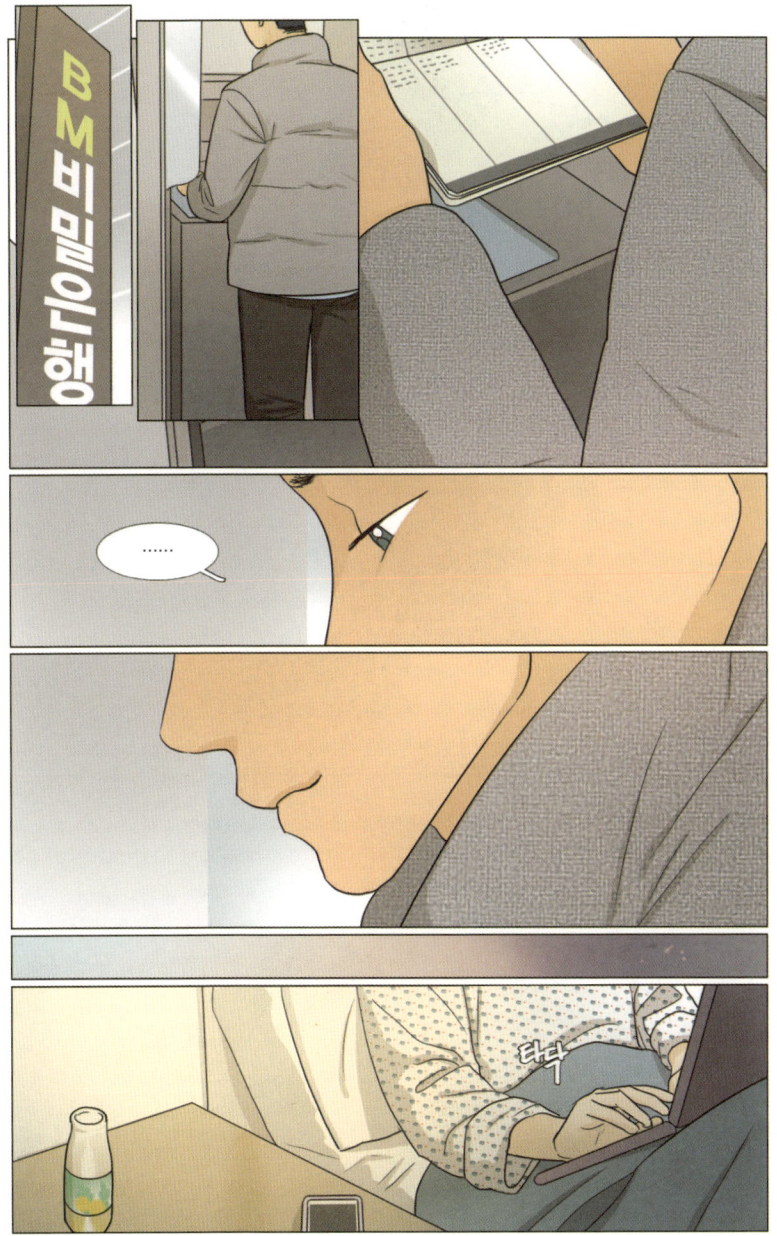

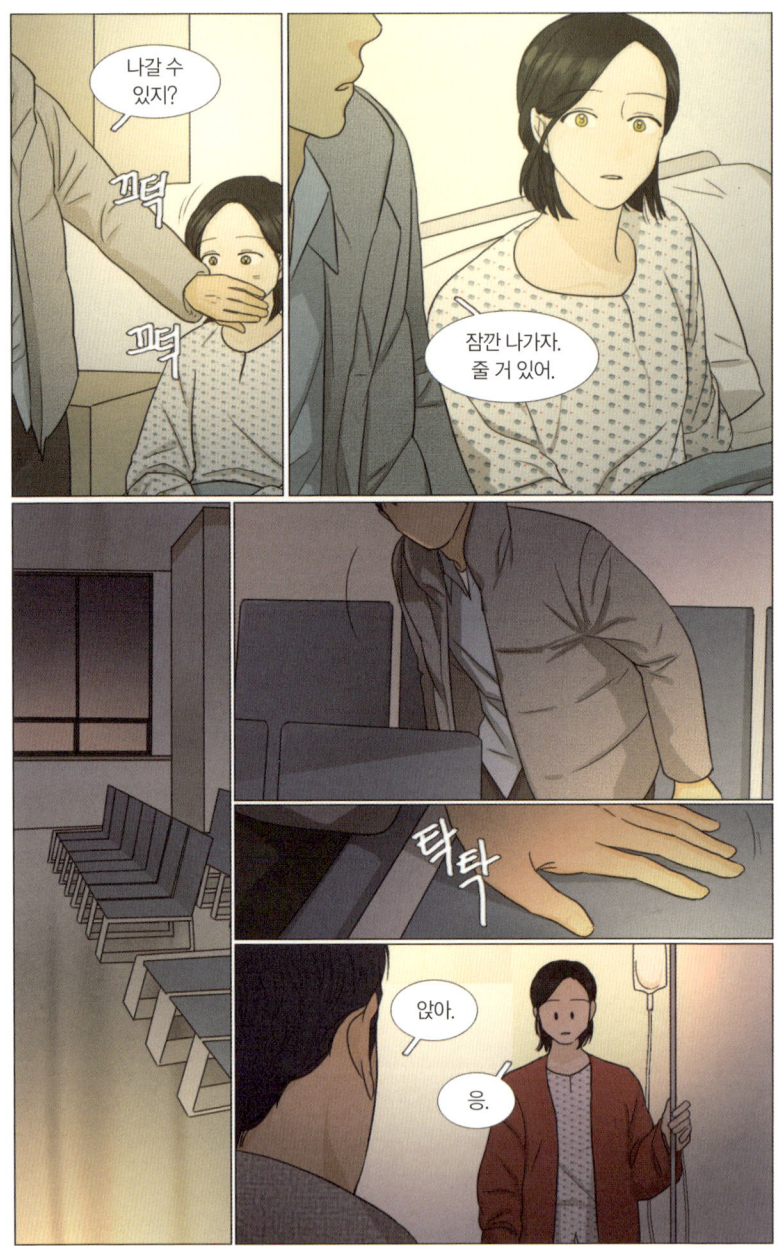

162

너 왜 그렇게
연락을 안 받았냐?

무슨 일 있었어?

그냥
좀 바빴어.

바빴다고?
뭐가…

복학 신

복학
신청했네??

!

팟

어, 아까 낮에
신청하고 왔어.

다 모았어.

욱현이 거랑
내 거까지 다.

등록금은??

필요한 돈도
다 모았고…

어느 정도는
집안 살림에도
보탰고…

내가
해야 할 일은
충분히 하고
있다고 생각해.

앞으로도
그럴 거고.

그래서 이제
뭐라고 하든
내 마음 가는 대로
하기로 했어.

그게 학교든…
뭐든 간에.

165

95

너에게
가고 있었어

173

예쁘다.

신기했다.

정했던 목표를
땀 흘려 이루고

바라던 것을 눈으로 직접 보자

발목을 잡고 있던

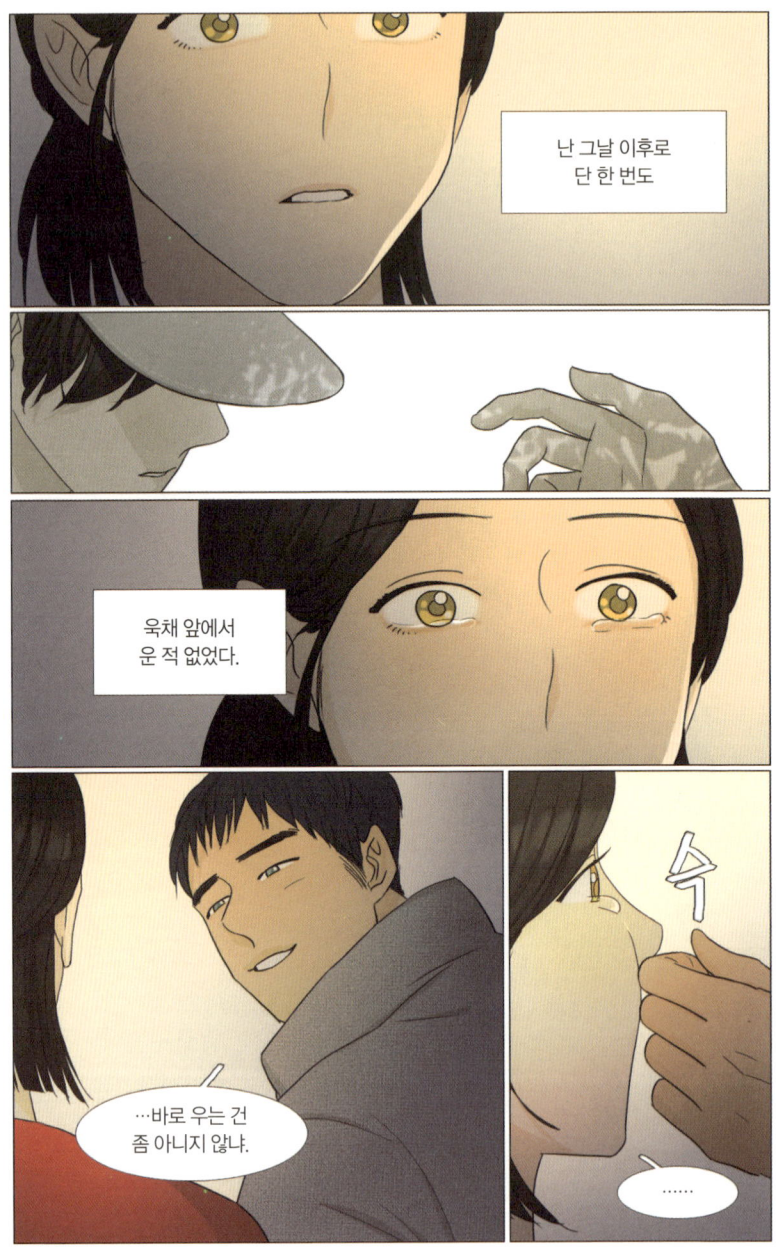

난 그날 이후로
단 한 번도

욱채 앞에서
운 적 없었다.

…바로 우는 건
좀 아니지 않냐.

수

……

 이왕이면
눈도 감고.

♥
96

소란한 보통날

주변까지
그리 쉽게 내 뜻대로
따라주는 건 아니다.

하지만 '내가'
바뀌었다는 것만으로

지금은 충분하다고
생각한다.

지금
우리가 서 있는 곳은

삶의 시작점에 불과하니까.

그거
어디 있어?

그거?

내가 준 거.

…생색은.

브스락

97

적신호

자…
시간도 다 됐고

곧 더한 불청객이
올 텐데.

불청객?

…쟤가 개지?

그날
네가 업고 뛴 애.

맞아.

이야…
좋은 교수님이네
정교진.

제자 업고
뛸 줄도 알고.

니가 기절해도
업고 뛰어줄게.

진짜?

저 학생이라서
그런 건 아니고?

215

쏴하

토록

톡

특별히

영화 같거나
드라마 같은 만남은
아니었다.

그냥 자꾸

눈이 마주쳤을 뿐이다.

그땐 미처 몰랐다.

그 마주침이
내 인생에 있어서

최악의 적신호로
울리게 된다는 것을.

♥
98

밀애

227

그녀는 학교사회에
완벽하게 녹아 있었다.

너무 말라서
살 좀 찌라고

주는 거
아니에요?

내가 말랐어?

이건
교수님이 주신 거.

성격, 말투, 사고방식
모든 것이 나와 정반대인 고성희에게

제 눈엔
그런데요.

아냐. 나
되게 튼튼한데.

마치 자석처럼 끌려갔다.

응.

맞는 말이라고

그녀는 역시
현명하다고 생각했다.

밤의 대화는
깊어져갔지만

낮의 대화는
눈빛만으로.

그것으로
충분하다고 생각했다.

마치 밀애를
즐기는 듯한 두근거림.

왜?

아 누군지
알려주지도
않을 거면서
왜 자꾸 전화질이야.

할 일 없냐?

그 사람 아직도
거기 안 나타났니?

나한테 참견할 시간에
애인이나 만나.

얼씨구.
걱정을 해줘도
지랄이야!

♥
99

모르는 남자

245

서로 숨겨둔
연인이 있었기에

전혀 신경 쓰지
않았지만

신경을 쓰는 사람은
따로 있었다.

안녕, 교진아.
옆에는 친구?

사탕을 문 것처럼
입안이 달콤했다.

무리하게
아르바이트를 늘렸다.

그녀의 불안을
덜어주고 싶었다.

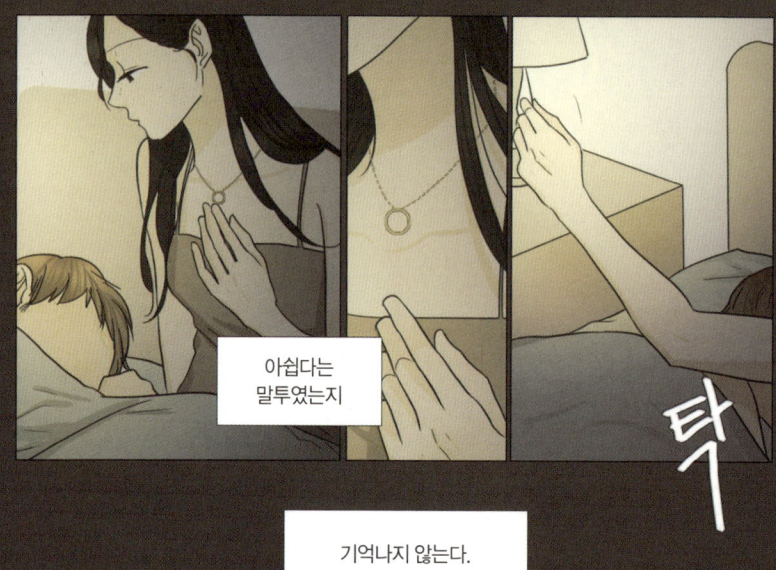

아쉽다는
말투였는지

기억나지 않는다.

저기, 이거
떨어졌는데.

감사합니다.

입안의 사탕은
이미 부서져 있었다.

뱉느냐

깨물어 삼키느냐.

그 선택만이
나의 몫으로 남았다.

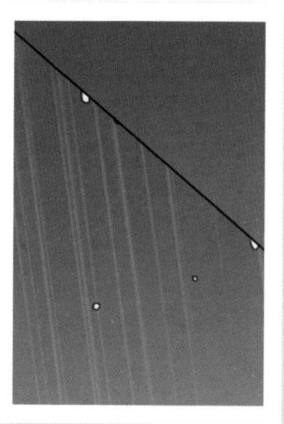

♥
100

탐하는 여자

반지요.

반지는 팔든지
버리든지
알아서 해요.

응?

…왜?

이해할 수 없다.

해본 적 없는 일을

이해할 수 있을 리가 없다.

겉으로는
멀쩡한 척했지만

머릿속이
계속 들끓었다.

시종일관
가슴이 쿵쾅거렸다.

난 할 수 없었다.

누가 나를
믿어줄 것이며

나에겐
그럴 힘이 없었다.

누가, 저렇게
빛나는 그들에게서
등을 돌릴 것인가.

그런 생각을
할수록

왜 성희가 나 아닌
이우종을 택했는지

왜 떳떳하지 못하게
나를 숨겼는지

그 이유가 생생히
몸에 새겨져서

괴로울 뿐이었다.

♥
101

안부

♥
102

돌아가다

그때의 기분을
표현해보자면

며칠 밤을 샌 새벽처럼
머리가 기이하게 맑았다.

장례식장으로
향하는
차의 바퀴소리가
몸에 울렸다.

그 한 바퀴,
한 바퀴씩

몸이 깎여나가는 듯한
감각이 일었다.

폭설 빙판길로 인한
고속도로 5중 추돌사고.

바스락

고성희는 찢어진
자동차 철판 사이에 끼어

고속도로 빙판 위에서
피를 흘리며 죽어갔다.

50분짜리
아침뉴스에서 3분.

조간신문 사회면의 15센티.

고성희가 받은 죽음의 크기였다.

고성희의 장례식장은
사람들로 붐볐다.

성희야…
어떡해…

훌쩍이는 목소리 사이로
들리는 고성희의 이름.

이력서용 사진이었을
고성희의 사진이

영정사진이 되어
내 앞에 놓여 있었다.

마치 남처럼
그녀의 이야기를
주워듣기만 하는 나.

나.

나만이 자리를
찾지 못하고 있다.

가족도 아니고

은사도 아니고

친구도 아니고

307

연인도 아닌

나만이
울지 못하고 있다.

선배,
좀 가르쳐주세요.

전 여기서 어떤 역할을
맡아야 하는 거죠?

성희는
화장되었다.

화장터엔
따라가지 않았고,

성희의 유골이
어디로 가게 되는지도
물어보지 않았다.

성희가
내 방에 두고 간

차마 버리지 못했던
이 가방을 보며

가끔 그런 상상을 하고는 했다.

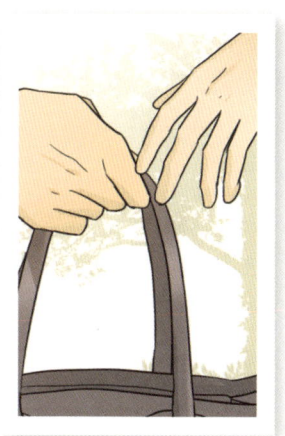

♥
103

돌아오다

그 후로 다신 여자를
만나지 않는다거나 하는

그런 극단적인 선택을
하지는 않았다.

슬픈 영화에서
연인을 잃은 남자들이
흔히 그랬듯

매일 밤 그녀를 떠올리며
울지도 않았다.

난 그렇게 드라마틱한
사람이 되지 못했다.

그렇게 내 인생에는
차츰 사람이 늘어갔다.

하지만

그 사람들이 밟고 있는 바닥에

마치 화상자국처럼
고성희가 눌어붙어 있었다.

고성희 이름
세 글자만 나오면

미련이 덕지덕지 붙은
얼굴을 하면서.

떨
러

잠깐만.

꾹

네,
정교진입니다.

교수님 찾아오신
방문차량이 있는데요.
들여보낼까요?

성함이
이우종이라고…

누구라는데요?

미안하다.

…사과가 참
앞뒤 맥락이
없네요.

할 말 없다.

……

결혼 준비를
하니까…
그냥 많은 생각이
들더라.

…사실 애가
벌써 있거든.

뭐 나이도 나이고
하니 속도위반이니
어쩌니 할 건
아니지만…

돈도 더 많이
벌어야겠고,

밥그릇은
지켜야겠고.

연줄이란 연줄은

다 이용하고
싶고…

연락하지 말아야 할
사람한테도
연락하고 있더라.

……

그리고 그동안
켕겼던 부분이나

마음 뒀던 부분도
털어내고 싶어졌고.

고해성사라도
하시는 것 같네요.

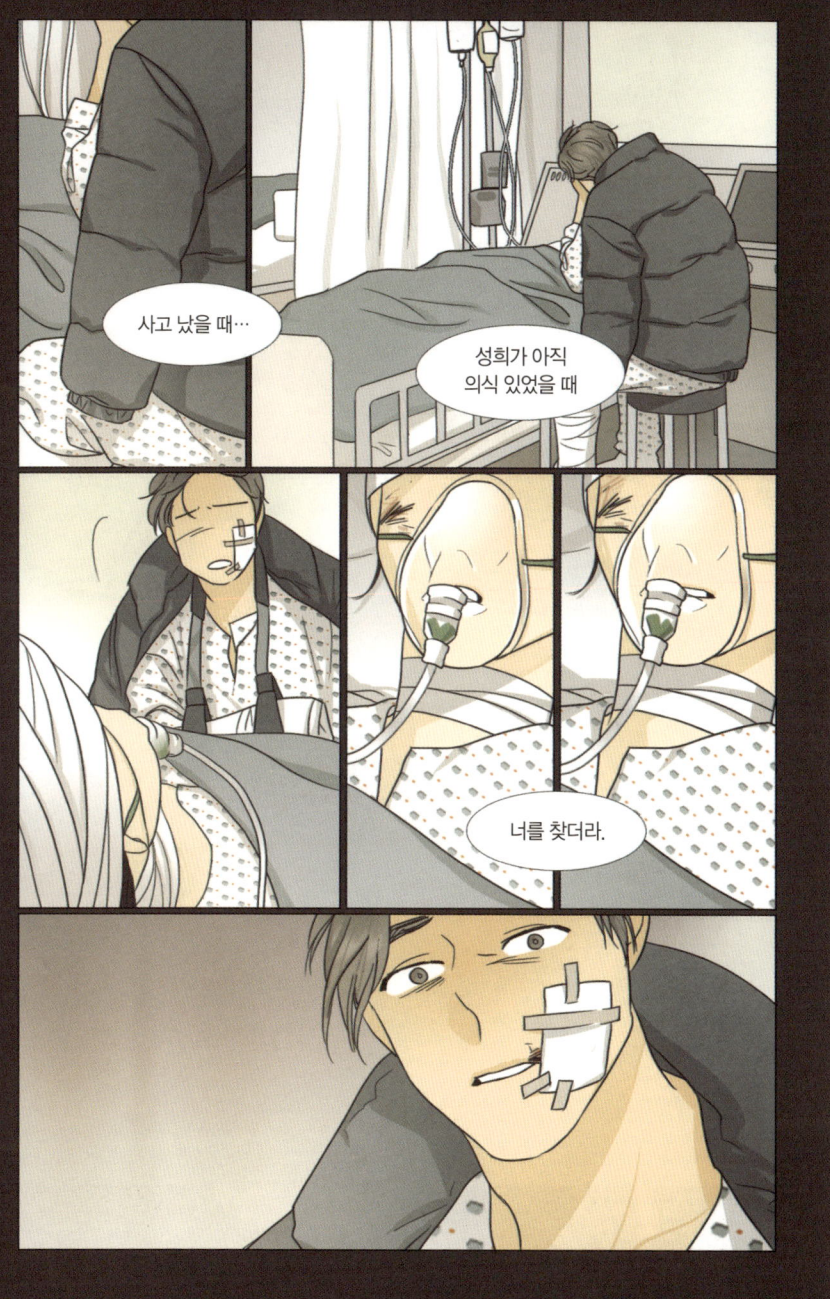

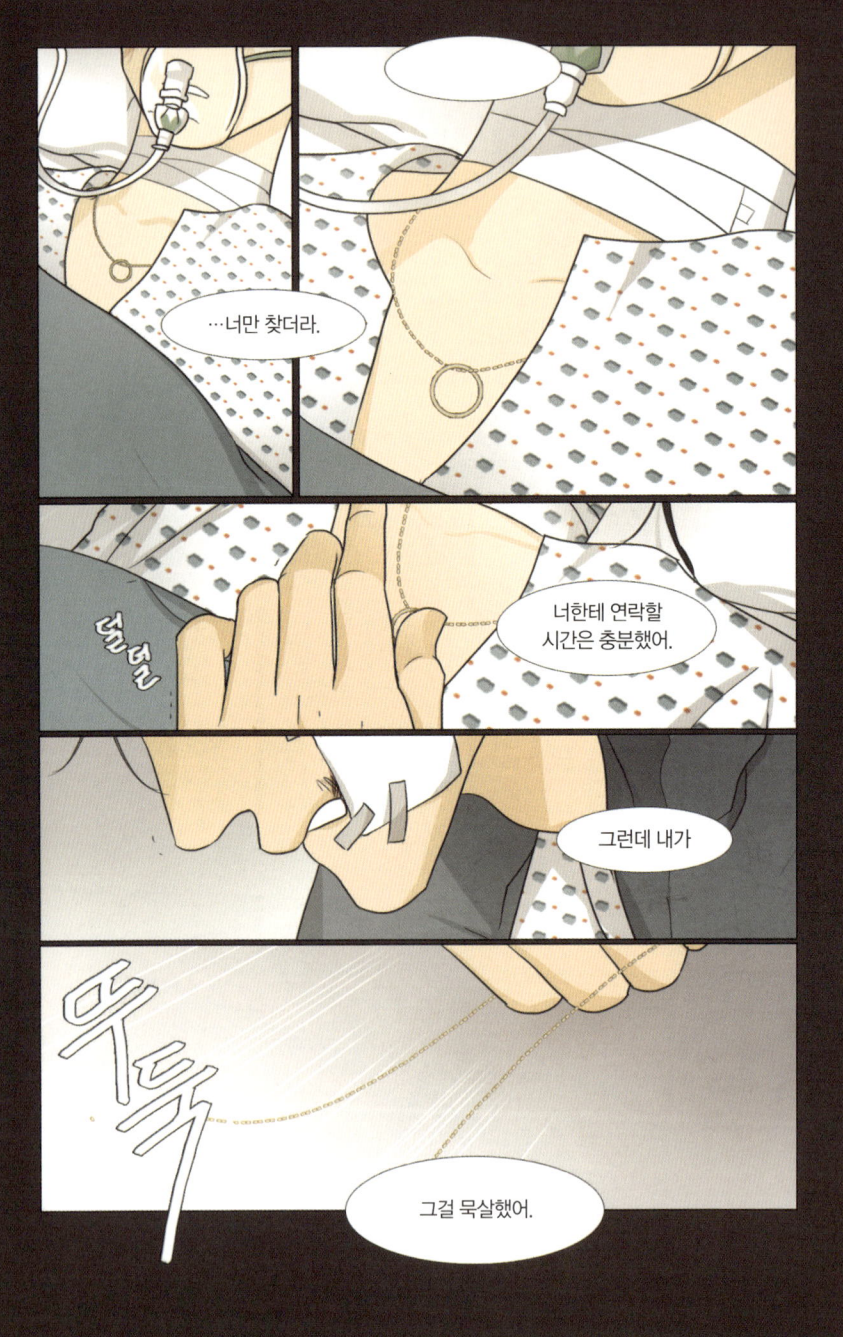

♥
104

신스틸러

지금
생각해보면
못 들어줄 일도
아니었는데…

고성희가
결국 너를 찾는 게
화가 나서

……

…네가 싫었어.

너무 싫었어.

…뭐 어쩌라고.

이걸 보고
울기라도 하라고?

결국 마지막에
사랑한 건 나였구나,
하고

애틋한 표정
지어가며

고성희를
용서하기라도
하라고?

고성희 이름 세 글자만 나오면
미련이 덕지덕지 붙은
얼굴을 하면서…

글쎄.

과연 내가 '그 일'에
미련이란 말을 붙일 수 있을까?

감히 미련이란 말을
붙일 수 있을 정도로

내가 주인공의
자리에 서 있었던가?

아니다.

그 이야기를 드라마,
혹은 영화로 만든다면

주인공은
한창 젊은 나이에

불의의 사고로 세상을 떠난
아름다운 여자 고성희.

그녀를 너무나 사랑했지만,
결국 떠나보내고 마는

능력 많고 잘생긴
슬픈 운명의 남자 이우종.

그 두 사람이
주인공이겠지.

344

나는 뭐…

여자 주인공의
숨겨진 남자 1?
그녀를 짝사랑한
조연 정도?

한가운데에
서지 못했을 뿐.

난 새드엔딩을 맞는
청춘로맨스 드라마의

그뿐이다.

일단…
이 정도로만…

탁
탁

…훌륭한데…?

진짜요?

저 진짜 긴장
하면서 잘랐는데.

전공을 이쪽으로
하지 그랬냐.

…진로 담당
교수님께 들으니
정말 심란한
말이네요…

하하
심각하기는.

그만큼
잘 잘랐단 소리야.

펄럭

고맙다.

모든 사람이

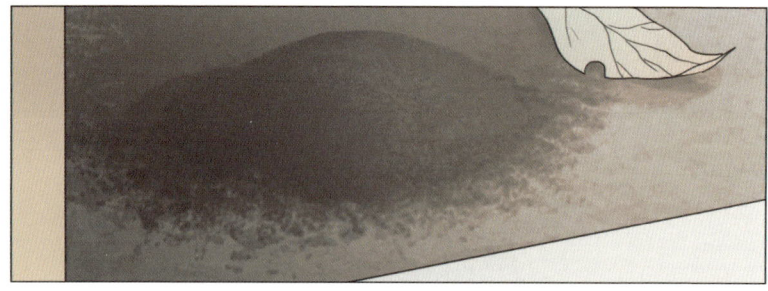

청춘로맨스의 주인공이
되어야 하는 것은 아니니까.

♥
105

최종화

하고 싶은 것도, 하고 싶지 않았던 것도
무척 많았던 날들.

입고 싶은 옷을 마음대로 입고

놀고 싶은 만큼 놀고, 마시고 싶은 만큼 마시고

누가 말린다 해도
도전해볼 수 있는 일은 전부 해보고 싶고

…기다려주셔서
감사합니다.

저 화운 선배
정말 좋아해요…

내가 할 말인데
그건.

나야말로
기다려줘서 고마워.

그리고
그 뒷말은…

난 이미
했던 말이니까…

이번엔 행동으로
대신할게?

네?

울고 싶을 정도의 고민도 하게 되는

불안하기 짝이 없는

우리의 청춘.

다시, 시작.

그동안
『청춘로맨스』를 사랑해주셔서
감사합니다.

외전

홀리데이

…테이블 붙여.

안녕하세요!

6. 너에게 가고 있어

초판 1쇄 인쇄 2016년 11월 10일
초판 1쇄 발행 2016년 11월 20일

글 미울 **그림** BV
펴낸이 연준혁

출판 7분사 분사장 김은주
편집 최유연 **디자인** 김준영

펴낸곳 (주)위즈덤하우스 **출판등록** 2000년 5월 23일 제13-1071호
주소 경기도 고양시 일산동구 정발산로 43-20 센트럴프라자 6층
전화 031)936-4000 **팩스** 031)903-3891
홈페이지 www.wisdomhouse.co.kr

ISBN 978-89-5913-080-1 17810
ISBN 978-89-5913-821-0 (SET)
값 11,000원